秋声

余秀英◎著

云南人民出版社

图书在版编目（CIP）数据

秋声 / 余秀英著. -- 昆明：云南人民出版社，
2024.6
ISBN 978-7-222-22509-1

Ⅰ.①秋… Ⅱ.①余… Ⅲ.①诗集-中国-当代
Ⅳ.①I227

中国国家版本馆CIP数据核字（2024）第111547号

责任编辑：张晓岚
装帧设计：邓　雪
责任校对：杨　惠
责任印制：代隆参

秋声
QIU SHENG

余秀英 著

出　版　云南人民出版社
发　行　云南人民出版社
社　址　昆明市环城西路609号
邮　编　650034
网　址　www.ynpph.com.cn
E-mail　ynrms@sina.com
开　本　889mm × 1194mm　1/32
印　张　4.875
字　数　120千
版　次　2024年6月第1版第1次印刷
印　刷　成都现代印务有限公司
书　号　ISBN 978-7-222-22509-1
定　价　58.00元

云南人民出版社微信公众号

好一片蔚蓝的天

——序余秀英诗集《秋声》

文 / 余小曲

余秀英，笔名蔚蓝，得知她要出诗集的消息，我一点也不意外，因为从我们相识这几年里，看见她在诗歌的道路上一步一个脚印地前行，从不懈怠。今结集为《秋声》，也算是圆了她自己春播、夏荣、秋收的梦吧。

从她最早交给我的一些散文、诗歌文字中，已能看到她有较好的文学功底，看得出她有丰富的日常阅读积累。尤其得知她一边自谋职业养家糊口，照顾老人，操持家务，一边坚持写作，这更是难能可贵的。

其实，她日常创作中的一些作品，也时不时发给我和作协其他同仁交流，知道她在交流中获得启发，并取得了显著的进步。短短几年，她利用生活间歇坚持创作，作品结集出版，为自己的创作画上一个阶段性的完美句号，是值得大加赞赏的！

余秀英在诗歌写作中，兼具自由新诗、格律体新诗和古典诗词的尝试，我个人是认同诗歌创作多体并举的。尽管一个诗人能擅长一体也不容易，但若初期写作各体都能尝试，能更好地悟出诗歌从形式到内容的真谛，这为后来再选择定位自己的创作方向，能打下更加坚实的基础。即便将来不选择定位某体写作，仅仅作为写作爱好，必然也是多了些随心所欲的乐趣。

下面主要就《秋声》中收录的自由新诗和格律体新诗两种新诗体式针对性谈谈自己的感悟。

这里先简谈一下诗体形式的分类。从中国诗歌大的分类讲，以新旧论，可以分为古典诗词（或曰旧体诗）和现代新诗（或曰新诗）两大类；新诗百年，发展到今天，从现代新诗大类看，以格律论，可分为现代自由新诗和现代格律体新诗。今天总有人说，现代诗就是自由新诗，这是不正确的。坚持这种认识的人，概因还不了解新诗百年来一直存在着格律体新诗，只是现阶段格律体新诗不及自由新诗的影响大，自由新诗占了上风。对于新世纪以来格律体新诗与日俱增的音量，有人假装听不见，也有人面对格律体新诗，视而不见。诗人余秀英看得真切，听得分明。

《秋声》中收录了近50首现代自由诗。从诗题看，有写风物，有写时令，有写父亲，有写家乡，有写心事，有写家国，题材多样；有写乡情，有写亲情，有写爱情，有写民族情，情怀丰富，处处充盈着女性诗人的柔情与激情、小我与大我之情。从诗歌语言看，尽管余秀英的诗歌创作时间不长，但她的诗歌语言确是老练的，完全拿捏到了诗歌语言的经脉。都知道诗歌是语言的精粹，是文学的皇冠，配得上这样称谓的，当然是公认的好诗。而一首好诗的难点在于语言的诗化，让读者在诗化语言的背后获得美的享受，并能产生共鸣。这除了诗人本身具有诗性的天赋、驾驭诗化语言的能力外，还需要有健康的思想意识和符合社会提倡的道德情操。可能有人说，诗人不应该被道德绑架，但如若一个诗人不懂得社会公德，其作品必然表现为低级趣味，被人唾弃。

诗歌的语言尤其需要干净、简洁、凝练、灵动，又不失鲜活；修辞、跳跃、过渡、通感，要恰到好处，这也是我推崇的自由新诗之路。余秀英的自由诗，已有这样的特质。鲜活灵动的诗语，信手拈来，俯拾即是。她把诗语写到如此纯熟，实属意外！当然，部分作品语言的跳跃，对于不了解其语境或生活背景者，可能会造成阅读障碍，这既是自由诗的缺点，同时也可以说是优点。个人以为，诗若能达到一读略懂，二读恍然大悟，三读拍案叫绝，当属佳品。而在当前自由新诗仍处于随意分行成体的情况下，如果语言不诗化，必然非诗。语言的诗化程度没有标准，也无止境，而语言晦涩绝非诗化之功。

《秋声》中收录了30余首格律体新诗，形式完备，整齐式、参差对称式和复合式兼具；题材多样，主题鲜明，诗语自然，音韵和谐。其组诗《汶川地震十五周年有记》《腾飞吧——祖国》《祖国——我为您自豪》等，进一步彰显其诗意灵魂从小我向大我的转换。

格律体新诗是继承闻一多、何其芳诗歌思想发展而来的现代白话新诗体。它继承了中华诗学诗歌押韵和节奏对称的外在形式特质，守正创新，是最具中国特色的当代新诗体。格律体新诗是新诗，而非照搬旧体诗词的格律要素。新在使用现代白话诗化语言，而非古典诗词语言结构；新在采用的是现代格律规范，而非古典诗词的平仄格律系统。

余秀英创作格律体新诗是受笔者影响才起步学习的，通过日常的学习交流，扩大了视野。从初学，到取得明显的进步，到创作趋向成熟，无限地靠近了诗神缪斯。这是由于她具有较好的诗学悟性，对于格律体新诗创作当然也是一点即通。

新诗到底该怎么写，我比较认同闻一多新诗也要有格律的主张。他把格律比喻为戴着镣铐跳舞，他在《诗的格律》一文中说："恐怕越有魄力的作家，越是要戴着脚镣跳舞才跳得痛快，跳得好。只有不会跳舞的才怪脚镣碍事，只有不会做诗的才感觉得格律的缚束。"何其芳也说，如果一个民族只有自由诗，它的艺术生态就肯定不正常，他说，"这是一种偏枯现象"。今天，著名诗歌理论家吕进先生反复呼吁"新诗要找到回家的路"，这条诗歌之路少不了格律。他呼唤"三大重建"，即个人性与公共性诗歌精神的重建、自由与格律双体形式的重建和诗歌传播方式的重建；呼唤"破格"之后的"创格"，呼唤自由体和格律体新诗的诗体重建，这是历史赋予诗人、诗评家、诗歌编辑的责任。欣慰的是，作为诗人的余秀英，已骄傲地在这条诗路上大踏步前行。

应该说中国新诗百年有着自己的发展与进步，但近年的自由新诗总是处于乱象的漩涡中，伴随着网络的兴起，一些诗人不是在追求提高自己的诗质，而是热衷于哗众取宠，时不时制造所谓的人气热点，以博取更多的眼球，挣流量，博网红，将自由新诗带入歧途。余秀英的诗并未受其负面影响，坚持走自己的路，这是值得肯定的。我也深信余秀英的诗路会越走越宽，越走越远！

读了《秋声》，我也再次相信：不管诗坛声音多么嘈杂，真正的诗人自会甘于寂寞，用诗意的灵魂无限地靠近诗神缪斯！

- -

余小曲，男，笔名晓曲、余晓曲，定居成都新都。中国诗歌学会、中华诗词学会、四川省作家协会、四川省诗歌学会、四川省音乐文学学会会员；四川省诗词协会格律体新诗创作研究会会长，四川省散文学会、四川省文学艺术发展促进会理事，成都市新都区作协常务副主席，达州市宕渠文化研究中心副主任；艾芜研究会、杨慎研究会、賨人文化研究会成员。作品在国内外数十家诗歌、文学刊物发表并入选多种选本。出版新诗集《视线内外》《余音未了》、诗歌合集《在阳光中绽放》、文化著作《五格文化》，主编出版《现代诗人诗选》（两部）等。

目 录

◎ 现代诗 ◎

◦ 格律体新诗 ◦

◎ 古　诗 ◎

现代诗

风的影子

桃花满面的妹妹
在霓虹处抛出媚眼

那只躁动的飞蛾
不会知道
灯火里隐藏的伤痛

收获黍谷的妻子
略显臃肿
她的腰身
别着弯弯的月亮

斑白的枯发
顶起秋收的烈焰
湿漉漉的布衫
已失去迷人的体香

制造的蛊
一场场的醉
琴声激起膨胀的缤纷
满满的酒杯

盛不了清新的芳华

槛外夜色里的寂寞
老迈的草庐
只会锈成失落
掰开的日子
风的影子
倚断漏风的老墙
蹒跚的竹杖
丈不完的梦的时光

秋 声

我深信
风与岁月是有过密谋的
因为风
总是无数次地改变韧度和强度

时光允许风
在春色里柔和
在夏夜里肆虐
在秋声里凄清
在冬日里凛冽

这夜
冷月
倾斜的篱笆
圈住了一径风
想从中打捞出
一个年轻的岁月

我深信
篱笆的拦截毫无意义
风正以不可抵挡的凌厉

穿透千疮百孔的缝隙

我知道
一定会这样
谁也挡不住
这拨失控的寒意

归不来的行囊

听说
一抹霓虹
散发的光束
可以羁绊千千万万的脚步

听说
一杯红酒
溅起的激情
可以落拓万万千千的流浪

我借一弯月
送你去远航
我用心保留你的豪情
你不老的韶光

一颗出走的星星
隐约于天际的迷茫
往返的大雁
换了一行行
你的脚步
是否仍然铿锵

我们的小屋
已挡不住荒凉
罅隙里的风
也是一天天疯长

镜里的青丝
你深嗅的发香
被西伯利亚的数轮寒流
种满了风霜

你的路
是否还是那么悠长
莫非是我注定的悲伤

黑龙滩水库

穿越黄土的厚重
一掬水被带回
于是就有了水中月
月下漫步的情怀

从此，布谷的叫声
喧哗了山沟的沉寂
有花香遍野的炫耀
有稻谷满仓的丰裕

此时，三五垂钓的人
守着一湖清闲
把春天的翠绿
钓成幸福的滋味

浣衣的邻家姑娘
扭动着曼妙的腰身
一些溅起的精灵
在她的葱指上放飞

这泓清水是
构筑幸福的秘密
这泓清水是
父老乡亲创造的传奇

清明祭父

昨夜
淅沥的细雨
是否湿透了您的蓑衣
分明有咳嗽的声音
穿透石头
抵达新露的泥土
郁浥的心

墓碑上摇晃着
湿漉漉的文字
那是您浑浊的老眼
掉不下的泪
洇湿了我的衣襟

跪向您的领地
握不住的咫尺
天上人间
刺伤我干涩的眼睛

梦里的父亲

昨夜
听到了脚步声
迟缓而凝重
咳嗽
粗重而压抑
清明节的思念
父亲回家了

堂屋里的竹椅上
铜制老烟斗
优雅地冒着缕缕薄烟
沧桑　沟壑交错的国字脸
在八岁的我面前
渐渐模糊渐次清晰

夏夜的星空下
月亮的银辉
在父亲肩头
演绎出精彩和美妙
我在故事中
枕着星星酣然入睡

山坡上
日头背上了老牛
父亲使劲撑起犁铧
用力地深锲
汗滴沾满了古铜色脸膛

一双青筋暴突的手
摸着我的朝天辫
眸底闪烁着远方

父　亲

年幼
喜欢背靠篱门或爬上高树
眺望西山头的落日
奔向牵着老牛的父亲

年少
喜欢车站凝眸
腊月末的某个黄昏
走来行囊沉沉的父亲

那些年
老树下站着霜鬓的老人
那是走不出大山的父亲
佝偻的身影在泥土中
不论寒暑地消磨

一个迎春花开的黎明
黄土地上的倔强老人
已磨成了北坡上的泥尘

老 井

文明在阳光下抬头
氯气在闭合间
吐着泡泡
赶走村口不竭的那汪泉

走丢的井台
被黑暗拖入夜的意象
井绳瘦成丝
在梦里摇晃

留守的老父亲
摸着有些空瘪的口袋
愣怔　徘徊

化不开的寂寞里
井台边的瘦影
在明明灭灭里
寻找出走的蛙鸣

村　子

夕阳里的血痕
上锈的锁
阻断了柴灰里的星火
一些热乎的土豆
酥皮的腻腻的红薯
了无踪迹

荒径臃肿了丛丛蒿草
深处菊惦念的地方
逝去的笑颜
在鸦声里摇晃

那缕无根的流云
爬向夕阳的肩膀
眺望

黑压压的人群
密密的笼
一些记忆
在秋风里迷路

思念
一次次
跌倒又爬起

轮　回

这么多年
不去您的坟前
我一直在梦中
复制那肆意横行的艾草
经年的万年青可曾修剪
枝头翻飞的蝴蝶
是否忆起归还

十六年了
我从不涉足那方领地
那里不会有您亲切的笑脸
那里不会有你慈爱的语言
就让您在我心里
挺立如永远的大山

我不愿
把一些隐喻告诉蒿草
却执意把拔节的希望
捂进寺庙的经筒
把轮回叩成一尊不老佛

您的灵魂
早已在二〇〇七年那个春天
附身一个年轻妈妈的身体
幸福地轮回到人间

繁杂的生活远了
病态的苍白远了
饥饿的疼痛远了
寒冷的痉挛远了

父亲——您的斧和锯远了
您年轻的额平展而光洁
您青春的笑脸正灿烂
您正奔跑在心仪的校园里
佛说
我多年痴心叩拜已实现

春　声

深信
夜里的雷声已震醒伏虫
一些细小的声音
突破禁锢　探头

尽管苏醒还在混沌中沉思
生长却已在料峭中挺进
我们脚下的土地
从未松开博弈的手

一只鸟
凌空枝头
率先喊醒晨曦
喊醒了那棵冬眠的树

等 待

坡上曾经的葳蕤
父亲犁下整齐的田垄
含笑的麦浪
金黄垂首的谷穗
随着父辈的背影溜走

茅屋　土墙　木窗
篱笆门
割裂了旖旎的阳光
故乡村头的那片彩云
沉没村口那片枯塘

无边无际的蔓
卷走塘里经久的莲
正如
城里的高脚酒杯
牵走了
心里久藏的姑娘

一棵百年的树

依然等待
深爱的女郎
夕阳下
可以抚平出走的风霜

清明的声音

荆棘葳蕤
筑一方繁华
渲染您不灭的魂魄

您的亡灵
在草丛中匍匐
祷告
把最美的祝福给您的孩子
我在昨夜的梦里
听到了虔诚的声音

在三月的霏霏细雨里
用袅袅的轻烟寄托
无尽的思念
用飘飞的纸幡牵住您
来世的记忆

石头上镌刻的幽幽碑文
凝结成思念的痂
种植在心海

在人世的出口
在故乡山垭口下
您的印记
让石外伫立的人
早已泪流满面
一杯您爱的老酒
沉默如您

山洼里的女人

玫瑰，女人
与竹篱笆的场场梦
屏蔽物象的凋落
日子堆积成秋

长堤，小径
伸向未知远方
风总在这里徘徊
捡拾段段过往

古渡，衰柳
破败的那条木船
菊丛深处的艄公
弃置经年的橹

夕阳，黄昏
抵达不了的兰笺
总是搁浅
也沉溺灯火阑珊

小 村

垂垂的小黄
绕着龇牙的木楼
兜售着最后的温柔

风扶着倾斜的篱笆
颤抖
难以等到
喊山人的荷锄

路瘦了又瘦
据说是为了
慰藉春耕的那头牛

一群寒鸦
揣度着零落的炊烟
失意地
聒噪在老树的枝头

月亮来了又去了
面容晦涩
莫非留恋
影子里的童歌

控诉一场冬

抵进的目光
像一把刀子
架在黄昏的脖子上

黄昏
佝偻着身子
杖藜趔趄
身段摇摆

逃跑的野草
仓皇中
散了一地
枯竭的头发

豢养多年的狗
蜷缩在漏风的院角
像一只
冬眠的虫

摇曳的烛光
遗失在无声的
夜的尽头

迷　路

夜允许孤独
失眠者把哀伤的眼睛
托付给一场雾
迷蒙着书房角
你曾抚过的弦

星空下
喧嚣的过往
与青春的跫音
早已消失在大山的转角

曾经在城南允诺
常青树上刀刻的印痕
是谁无情移走
曾无数次寻觅

不是你不守诺
是你寻找那棵树
在交臂中屡屡错过

寻

沿着村口的土路
翻遍河湾
在一片桂花里
找那抹羞涩的红颜

别说时光的清浅
昨日的黄花
被夜的风吹残

喊山的汉子
背脊缺少伟岸
浑厚的过去
揉进了寂寞的炊烟

一壶酒
喂不饱豪情
九月的露
已浸染凉薄的寒

我　们

必须接受
这远距离的爱
把思念的意境
设置成梅的气节

一次又一次
我们被切割似的分开
难眺望
史诗般人海茫茫

在一张纸上
涂抹
让万万分之一的比例
许我们无限接近
触摸成抚慰
爱便不会失重

花开花谢
季节的蔓枯黄
果实回到归宿

安静下来吧
轮回的季节
我们的眼睛
梦里重叠

等　你

这里曾经洁净，阳光
有吟哦，霓裳羽衣
有不加修饰的笑颜
有月色摇曳花影
有晨露沾湿窗沿

今夜
备好空樽
拦下月色
等叩窗的风
解读流浪的雨烟

古老的石径
风声抵近的跫音
听来有些迟缓

消失的暖

秋的液体
微寒
泛着细碎的波纹
漾在杯里
碎无端蔓延

有一丝隐隐的愁
牵着莫名的孤独
抵达

掐灭热情的焰
一行泪的牵挂
缥缈成烟

暖走失在黑色的风里
与深秋无关
与夜空无关

红尘祭

肥沃的土地
盛不下红尘
常有些灵魂
从这里出走

一口清冽的老井
搁浅在村口
溢出
远方的欲火

一些隐匿的意象
北坡上聚集
在菊花点缀碑文的日子

一声落落的狗吠
叼起久违的轻烟
一些恓惶的影子
叩拜成黄昏

饮

清脆的碰撞
高脚酒杯里
欢快在微漾

深情的眸
把浓浓的爱意
一饮而尽

缕缕熟悉的曾经
携半弯月
温暖泛滥

承　诺

我因了你的承诺
任浅墨
氤氲诗行
在缱绻中
追寻旧城街巷
觅你曾留下的足迹

我因了你的承诺
任季节把自己风干
成一棵枯树
在相思的渡口
眺望远方的归路

我因了你的承诺
任相思
爬满眉梢鬓角
在沧桑的尽头
成一石碑上的雕塑
不尽情话
定格残缺的碑文

我用生命的每个现在
雕琢重逢的蝶变
而你美丽的承诺
却像折翅的蝴蝶
在季节的风口飘落

托与风

你在的地方
很远很远
疼痛的夜晚
一双黑色的眸
总为你盛满忧伤的流年

守着一个刻在心底的名字
孤独的夜
凝视着你离开的小巷
不觉青丝已被白霜漂染

被你轻叩的窗儿
木制的纹理正日渐斑驳
那棵老槐上的红丝带
早已碎成片片

我只想
努力搜集一些辞藻
让它们嵌进我的诗里
奉献给你

我总想在秋的每个黄昏
命令经过窗前的风
把你不曾知晓的坚硬
热情　丰盈
悄悄告诉你

你的影子

一声声惊雷
刺入夜的黑
风的翅膀潜入
一滴雨
敲打我的窗

铺一张晕睡的诗笺
寻一支久违的秃笔
我想写首相思
送给曾经的你

永恒的誓言
华丽的过往
属于梦
且捡拾一枚昨日遗落的星子
在雨流的尽头
缝补
溅碎的影子

坠落在夜里的桃蕊

汹涌的窒息
在九平方的冰凉水泥笼内
困住一盏
缺失正极的光明

夜
隐匿于黑黑的眼珠
搜寻
黑无边无际

三月的柳下
似有似无的和弦
正渐行渐远

一枚飘飞的桃蕊
伏向泥地
哑然失声

诗和远方

年少时
远方无限遥远
仿佛在天的另一端
从未
想过触摸
车和船
就是梦想
现实是吃饱穿暖

青年时
远方可以预见
就在前方不远
孩子却把我牵绊
从未想过独自逃离
磕磕绊绊
固执守候
这一方熟悉
心底把远方
丈量成云烟

中年时

远方
触手可及
青葱的理想
终可实现
背起空囊
撑起豪迈
乘上车和船
约一缕清风和几朵白云
迈向曾经的执念

民族魂

八角笼里承载的荣辱
UFC 挑战赛里的你
张伟丽
平淡　朴实的
"赛场上见"
约定一场关于尊严的较量

当她们只认识拳头
当一记傲慢与轻视袭向你的双眼
退无可退
回击
聚集着十四亿中国力量
完美诠释东方巨龙的尊严

你用最完美的结局
用最正义诚挚的语言
回答你的心声
你傲然挺立
瘀青的眼眶
满怀深情
你用诚挚的语言告诉全世界

"疫情是全人类的事"
告诉所有人祖国的担当

你为荣誉而战
为祖国而战
用双手擎起一片蓝天
你身披国旗
挺立着脊梁
你就是东方的一颗明珠
就是民族之魂

今夜华夏欢呼
今夜全球沸腾
今夜拉斯维加斯的夜空
绚烂耀眼
传奇正一个个在九州实现

回家的路

这条路长长又弯弯
一头是红尘的纷扰
一头是古槐下的笑言
一头是背负的沉重
一头是木扉里的轻烟

我用尽所有的力气
在纷扰里抗争
城市森林里的灯光
总是连着昏暗

古槐下的意象
十分的质朴
炊烟煮成的生活
盈满安暖

回家的路
其实并不遥远
只是墟上少些底气
生活有些慌乱

我在霓虹下残喘
鸽子笼里铜味浸染
故乡的木扉
更加贴近洁净的蓝天

孕　育

阵痛似在昨天
透入骨髓
心脏的络有断裂
一双双苍白瘦弱的手
日夜地缝合
织补

轮回的痛
被一枚渺小的病菌掀开　　撕裂
兴风的魔浪
激起无数的血泪

撕心裂肺
伤筋动骨
我的祖国母亲正经受着
一场前所未有的痛

我可敬的逆行同胞们
前仆后继
黎明前的黑暗淹没
他们匆匆而坚强的背影

晨钟已敲响
天快亮了
曙色正在海平面孕育

和风孕育一场花事
花一样会孕育一粒粒果实
东方明珠
必会绽放
更璀璨的美丽

四月的那场雨

霓虹灯的衣袂滑下
轻拈树　草　花
阡陌从树叶的间隙
拾得斑驳
晕一地水墨

一只饥饿的
被奇异病毒控制的
披着锦羽的无名鸟
藏匿于高树
幽怨长鸣
碎一地魅影

一些惊惶的影子
在足下蓄势
风摇影动
簌簌有声

阵雨忽降
席卷着满世的风华
漆黑角落
魑魅的爪牙
也在模拟一场风雨满楼

聆听春天

一

毒翅任性舞动
无法承受之重
雪样的灵魂
无辜地陨落
恍惚听到哭泣，撕裂

归去吧
城中的高楼
不是你栖居的领地
我无意于责备

二

春的芽苞正在破土
解冻的河水正涓涓地流
斩魔的剑正出鞘
驱逐着你离去

收起你的肆虐

回吧
回到你该隐匿的山野

春天来了
森林深处有声音悄悄呼唤
你离开吧
让我们在阳光下静守

风 暴

三月的雨
承载了谁的痛
裹挟着愁云
飘入浩渺

风颤动在平静的大海
把一株株滴血的海藻
从沉睡中惊醒

一枚枚躁动
隐入藻臂
蓄积成滔天巨浪
在春末的雷声里
啪啪作响

礁　石

潮涨时，浪花溢出
轻轻地靠近
用力地拥抱岩石
触角
打入灵魂拽住另一片灵魂

选择一段岸停留
听风　听雨
看月亏月满
感受海的搏动
失望地回落
月亮在浪里破碎

每一次别离的泪
幻化成云
脉脉在天际
在某个时刻揭开帷幕
送给你，阳光

在你必经的路口
有一棵树，在等待
像海边的礁石

我多想

我多想用一副镜片
遮住我多情的眼
那样你就不会把
我的深情全览

我多想用一袭艳丽的面纱
遮住我绯红的颜
那样你就不会把
我心海里的热情读完

我多想在你的视线里
慢慢远行
留下婀娜曼妙的背影
那样你就会
无限缱绻

我多想在你的梦里
喁喁私语
放纵缠绵
那样你就会
对我有着无限思恋

我多想
成为一片云
轻轻漂浮在
你窗前的蓝天

我多想
成为一滴雨
滴落在你
干涸的心田

我多想
成为你手中的笔
紧握住你的温暖
泼墨山水间

我多想
成为你不灭的梦幻
永远被你追寻
永远诱你初心不变
我多想……

心　愿

素颜被定格在黑框之前
请许我穿越严寒
溯洄到春天
那是我此刻的心愿

在沙滩上踏浪
在柳堤上飞弦
在兰亭里醉酒
在云海里扬帆

我还得去追风
踏雪
请再给一点点时间
我还要去听最后的禅

那枝杏

风懂得
季节的伤口
需要时间的抚摸

云朵从雪到雨
缘于阳光
醉于阳光

一声初雷
被轻慢的任性
无须绿叶鼓掌
兀自墙头盛开

心中有虹

对于一些镜像
我正在学会遗忘
比如
那场缤纷中
你抽离的手

时间会敲打旧痕
风雨总会磨平
沮丧的过往

柳芽复活在枝头
涓涓细流拥紧桃花
一路向东
醉了夕阳

迷失的鸽子

鸽子的洁净
携带一些隐喻
穿越神州之北
奋力展翅

雾霾总是太沉重
疼在炸裂
母亲的呼喊
妻子扯不断相思

请许我
点上璀璨的焰火
明亮是红尘固有的礼遇
神祇早已示下

燃 烧

请蒙上你的双眼
捂紧你的耳朵
我不堪的狼藉与伤口
怕一见　断肠

战马正在奔腾嘶鸣
裹挟欲望的暗潮
母亲用泪眼刺穿雾霾
妻子的呼喊震撼皓宇
孩子睁大忧伤的慧眼
看不到春天

我的内心为何如此疼痛
愤怒的刀子需戳向暗疾
躁动的热血沸腾沸腾
压抑的烈焰疯涨

燃烧吧燃烧
顿巴斯不需要眼泪
莫须有的指控里

冠冕堂皇的标签上
鸽子早已断翼

请别阻挡我们寻找
硝烟里藏匿的太阳

将　夜

风能了解满溢的春光
枝上的秀色
轮回千载的韶华
曾经的缤纷

让我打开过往
路上的一些遗憾
会悄然而至
追溯总夹杂波涛汹涌

抖掉枯竭的繁华
让风去追逐吧

黄昏的余晖
有些慵懒和力不从心
西山脚下
夜开始蔓延

东湖公园之怀李堂

人间已阳光熠熠
古柏枝千年抵达
那个远古的梦
满院旖旎风情

着一袭灰色衣袂
一双睥睨丑恶的明眸
是你踏着泥泞与黑
把大地早早托付给黎明

剥落的墙体
一些残缺模糊的文字
会以另一种形式存在
比如木廊上的不灭月光
文字里的焰火

打开你静雅的门
焰满天飞舞
听
有灵魂歌唱的声音

一片落叶

何时起
一杯菊花茶
从左手至右手
在茶里
品来自你的消息
句句温暖
我早已不需要把秋的讯息
托付给一只将老的雁

某天
你同意我为你写首诗
久违的笔
细细描述
老城墙根
我丢失的蝴蝶结

那条弯弯的小径
百年老柳
刻下过你我的名字
时间流下的泪
是否把它湮灭

我在诗里
想起你的样子
不安地捋捋鬓发
一丝银白
落入掌中
像一片落叶

闹　剧

王的抉择开始
大洋彼岸连日的风暴
貌似尘埃落定

老虎露出瘪嘴里的白牙
耻笑整个世界
狮子不甘结局
狂躁不安
冠状病毒侵袭身体的故事
只是一场莫须有的隐喻

虎的森森白牙
啃噬狮子胀大的脖项
血溅了一地
兽群在血腥里骚动

不明究竟的百兽
在剧中吵闹
挤得头破血流
一些嚣张的霾
悄悄地潜入激动的肺

远处
火山　地震　海啸
正在发酵
预示另一场铺天盖地

洞察万物的上帝
戴上黢黑的十字架
冷漠地看着这一场场
勿须安排的结局

等一场雪

没有雪花的冬季
我总想忘记
忘记你的洁白

我已无力爬上北去的列车
纵使奔驰的尽头
曾注满火焰般的热烈

凛冽的北风
终归带不来北方的雪
我只想沉默
在沉默里编织
你曾经的纯洁

触手可及那片片枫叶
总会让我慎重地想成雪
在那倾城的白里
写满你的名字

格律体新诗

汶川地震十五周年有记

父爱如山

你顶着飞石与泥流走来
瘦小的身躯是那么伟岸
你用双手撬动千斤水泥
惹得岷江的水发出呜咽

你背起不能举步的儿子
让回家的路注定不孤单
你用沉重的脚步丈量着
属于儿子的最后一片天

你把父亲的角色诠释成
能肩扛千斤的一面大山
你撼天动地的非凡举动
开创了人世父爱的绝篇

这无可比拟的深沉父爱
每每忆起总是热泪涓涓

寸草春晖

这是不能忘记的痛
这是不能复制的娘
你用肩背撑起废墟
你用血肉筑起护墙

飞石泥流吞不下爱
母亲的爱写尽绵长
最后的姿势铸成爱
愿你在深爱里成长

宝贝，记着我爱你
令多少人痛断肝肠
这无畏的柔弱双肩
石化成永恒的雕像

请深深鞠上一躬吧
只为那母爱的痴狂

人民子弟兵

十五载的光阴饱含温情
血的伤痛还是无法抚平
那是一群群最可爱的人
他们正在向着危险逆行

他们在与时间赛跑
他们在与魔鬼抗衡
泥泞里的摔扒挖掘
成不屈的中华声音

他们在天崩地裂中挺近
无畏地挽救着沦陷的城
那是敢向命运挑战的人
他们正以生命换取生命

他们挥泪踏平魔窟
驱逐黑暗带来黎明
祖国何时道声需要
战鼓便在那里长鸣

白衣战士

求助本是你习惯的遇见
这方土地撕裂般的呐喊
喊断了你的柔肠
遮蔽了灿烂星汉

震魔吞不下顽强的生命
驱逐死神的是你的决断
不眠不休的永日
瘦影谱写成巨篇

求生的眼神总触动人心
手术刀下从未制造遗憾
看那精准的医技
赢来众生的安暖

这场生死博弈的崎岖路
大爱凝聚成时光的惊艳

最美教师——谭千秋

你张开的双臂
不是为了自己的飞翔
你跪仆的姿势
写成了绝世的凄怆

你用爱与责任
学生本就是你的儿郎
你用血肉之躯
诠释了人生的立场

在趴下的瞬间
你是否还惦记着阳光
属于你的激情
其实未来路还很长

最美的奋斗者
天国里是否依然疏狂

丰碑上的名字
你原是传奇的诗行

走进映秀遗址

掩埋了的大山
震断了的河流
这片祥和土地
碎裂成千古愁

消失了的良田
倾覆了的高楼
这片疮痍场景
总迷离我的眸

不幸的人们啊
请别沟头游走
希望的粒粒籽
早在山外筹谋

安息吧，亡灵
这最后的诉求

汶川新貌

悲伤还应藏在沟口
要学会与过往挥手

祖国富饶的土地上
请习惯大步向前走

见识过生活真相的人
才会珍惜现在的拥有
看小桥流水兰棹飞流
品清风无痕轻拂河柳

在温馨的西羌新民居
少女悠扬的笛声慰友
在寿溪河畔的羌雕前
三五雅士正吟诗酌酒

人生那最美的情怀
是曾经的那些相守
人生那最好的结局
是花香鸟语中长久

老人村新居

你是云朵上的街市
是尔玛不老的绝唱
你拥有长寿的秘密
是羌族人民的天堂

浑厚的石磨哟
磨出了原初的奶香

和风轻轻吹拂
载满了百花的芬芳

背水的阿哥哟
带回了甜蜜的玉浆
那多情的阿妹
吹出了羌笛的悠扬

浅浅的云朵哟
放牧着无数的牛羊
踏着沙朗舞步
在草原之夜里疯狂

你高端洁净的离子
可愈红尘混沌的伤
彩云蓝天温暖岁月
你承载着无限希望

腾飞吧——祖国

太多的苦难
在历史的车轮下辗转
当伤痛无限地密集伸延
硝烟弥漫下家国荒残
雄狮发出震天的呐喊

战争的践踏
血色浸染美丽的家园
您举起光明的巨大火炬
让星星之火九州燎原
觉醒的民族抡起铁拳

林立的石碑
是不屈灵魂永久证言
血与火洗礼了您的肉体
精神却永远奋勇超前
在热土地上代代相传

曾经的疮痍
人民正披荆斩棘扬鞭
用心跳撑起那方蓝蓝天

用往事激励那片巨帆
龙人的铁骨不再屈弯

崛起的祖国
党播甘露泽八方乐园
国施惠政丰饶朗朗坤乾
舵手导向世纪的华年
扬帆吧那永远的红船

祖国——我为您自豪

我们自豪
南湖里秘密摇荡的红舫
载着对真理的追求
曾在暗礁险滩里起航

我们自豪
那南征北战的志士良将
胸怀救国救民理想
顽强挺起民族脊梁

我们自豪
镰刀锤头劈开倭寇虎狼
巨掌一挥乾坤便定
红旗在九州大地飘扬

我们自豪
五千年的文明声震八方
五十六个民族的盛典
谱成一脉相承的史章

我们自豪

革命战士站岗祖国疆场
河山壮丽星火不灭
神州金瓯永固盛世长

我们自豪
巨龙腾飞斗志昂扬
海晏河清国富民强
屹立在东方久久辉煌

北　坡

几间老屋仍耸立
繁华边缘的野畴
一些瘦了的篱菊
爬上颓败的土丘
搜寻父亲老式的烟斗

几颗零星的香柚
无意春杏的探头
聆听院外的西风
打探小渡的归舟
怜惜枯寂颤抖的深秋

越走越窄的土路
空了拥挤的木楼
越来越挤的北坡
偶尔鞭炮声密谋
眸底曾经不变的温柔

晨起，我捡拾起那稀薄的炊烟
夕下，我学会眺望小径的尽头

那些岁月

那时我们羞居于斗室
渴求踏遍祖国万里河山
纯真的笑脸从不矫饰
远方总遍布着锦绣花园

那时我们新生的羽翼
渴求一朝一夕飞上蓝天
青葱的岁月那般瑰丽
灿烂的未来还常驻心间

那时的我们无知无畏
男儿志在四方可挽狂澜
那时的我们潇洒如风
巾帼不让须眉掌舵挥鞭

那时的我们朝气蓬勃
怀揣梦想鼓起满满风帆
那时的我们激扬文字
谱写着五彩斑斓的诗篇

那时的我们活力四射
锋芒毕露狂书锦绣华年
那时的我们心怀天下
总期待高飞远举的明天

泛 舟

泛舟在少年
书是鼓起的风帆
笔墨是双桨
良师是烟波里的航标

泛舟在壮年
家是奋斗的源泉
铁骨是担当
孩子是那前进的乐弦

泛舟在老年
梦是人生的白莲
秋风送韵律
初心描绘华丽的诗篇

人在旅途万水千山
且看行舟不畏暑寒

燃烧的烛

岁月的风
移不走我记忆中那所学堂
在我干涸的童年时光
是你滋润着我荒芜的心房

岁月的雨
总也淋不乱我前行的方向
在我迷茫的青葱路上
你谆谆指引我灵魂的安放

无论风雨
你无私的品格总令人仰望
一根教鞭和一枚粉笔
书写着一茬茬的桃李芬芳

今天，请让
我们真心实意地为你歌唱
祖国崛起的长征路上
是你站成灯塔为我们领航

饮马河忆升庵

这弯清清的流水
想必濯洗过你的衣裳
你踟蹰的脚步
是否带有未酬的悲伤

这弯缓缓的流水
定是见证了你的诗行
你卓越的才学
铸就不朽的精神粮仓

这弯前行的流水
正扛起新时代的辉煌
看这太平盛世
诗意仍满溢你的故乡

这弯欢畅的流水
载着后学满怀的理想
碧海蓝天上
龙的传人正展翅高翔

游怀李堂有感

青石板路漫漫在梦中出现
梦里我曾在庭内倚栏端砚
先生一蓑烟雨挥毫复拨弦
琴棋书画令多少文人呼赞

繁邑在历史的车轮中向前
欣欣向荣早已赛过两千年
那如华盖的绿梅花开正艳
幽深曲折的长廊别有洞天

繁邑风情唐诗宋词赋不辍
现代文人骚客浓墨续新篇
新繁美景伴柚香飘满全城
东湖韵厚拥三贤把美名传

我在这美妙的小镇里陶醉
恣意地用拙笔再续未了缘

纪念南京大屠杀

密集的枪声依稀在昨天
撕裂的灵魂在叫喊哽咽
燃烧的城市流血的生灵
时时的隐痛铭记在心间

缺钙历史在长眠中觉醒
号角吹响震动赤县云天
小米步枪热血沸腾世界
矿出九州人民和谐平安

鲜血铸就丰碑撑起脊梁
屈辱的烙印岂轻易翻篇
侵略的铁蹄在暗夜得得
警醒的灵魂请睁大慧眼

代代英雄的华夏儿女们
抒写着祖国的壮丽锦篇
丰碑下的红色灵魂长存
不忘初心永护锦绣河山

新都之夜感怀

这个小城在我的身边曼妙
千万次置身楼顶深情仰望
你的璀璨星空
嫦娥依稀在月宫羽衣霓裳

这个小城聚集了太多繁华
霓虹街灯在街巷闪烁华光
你的旖旎风采
伴车水马龙奔赴城的院巷

这个小城承载着多少梦想
赤手空拳打拼创造了辉煌
你的蒸蒸日上
弄潮儿牵手奇迹信马由缰

这个小城留住了漂泊脚步
鳞次栉比的大厦融暖心房
你的安闲舒适
有温馨从窗飘满夜晚城乡

我愿不离不弃
在这里伴随荷香，桂香，柚香

大美新都

中华的历史源远流长
神州的山河鸟语花香
改革的春风飞入万家
喜悦的成果惠遍城乡

蜀国膏腴之地新都城
沐浴着惠民新政之光
在政府的牵手扶持下
村民齐心合力敢担当

城乡一体已落实全镇
街衢巷陌通四面八方
近年治理污染获奇功
低碳环保使命誓不忘

新世纪再布局新标准
自然生态户户享荣光

让我们永远在一起

诗三国从来都不是传说
我怀揣着诗的梦与你们同行
在无数条布满鲜花的小径
坚定的脚步印下前世今生

百花馥郁的朗朗星空下
仰望诗国成为我不变的誓盟
带着对你坚定不移的虔诚
抽笔留下永不消亡的丰盈

这细雨如丝如绸的清晨
我有幸与你们踏上诗的征程
愿把洁白的心笺慢慢展开
密密书写一腔热血的纵横

今有幸在诗的路口相逢
愿我们能尽心坦诚尽意相倾
许我夕辉下仰望诸位同仁
许懵懂的我与你共勉平生

阿妈的路

这是一条阿妈的路
等干桥头千年古渡
等得葳蕤离开深壑
等不回游子的脚步

盘旋而绵长的小径
连接了村庄和眷注
攥住高楼里的乡音
远方的梦才有归宿

阿妈风干的瘦脊骨
像极了冬天的老树
篱前身姿颤颤巍巍
无神的眼睛锁满雾

寒潮席卷那片炊烟
冷雨截断她的呵护
躺成一棵跌倒的树
残泪染红迟归的路

最后的炊烟

青春的理想无限高远
热血沸腾纵横九天
前行的脚步铿锵狂放
征程总阳光满满

壮年的气节坚不可摧
霸气凌云何惧险关
铮铮的铁骨咔咔作响
力量可撼动大山

夕阳里身影写满佝偻
未酬宏愿万万千千
倾斜的双肩抖抖颤颤
柴扉又煮成炊烟

夕霞　竹杖　故土
梦想　红尘　逝川

我 愿

我愿舍弃葳蕤的森林
独坐于丛丛幽篁
去抚淡淡的雅致叶香

我愿徘徊伤痛的渡口
撑起失血的木桨
等待不会归来的远航

我愿舍弃炫彩的霓虹
只忆折柳的期望
时光罅隙里默默沧桑

愿放下所有辉煌的梦想
只想守住你曾经的柔肠
我愿伴时钟嘀嗒的轻响
静待风儿时时邀你叩窗

情人节咏怀

今晚
谁奏起了离歌
沾湿了帘外的雨禾

今晚
谁搅动了银河
莫非是醉酒的嫦娥

总想用一枚月牙
填平蹉跎
平定天上人间的劫波

总想用一阕相思
叩醒心魔
浅吟比翼双飞的情歌

远　方

曾把理想搁置在远方
我追逐着流浪
故乡的炊烟早已成为过往
在残缺里深藏

多年的拼搏化成泡影
两鬓徒添风霜
故乡的朴实便悄然地弥漫
在深眸里闪光

跌跌撞撞的颠沛生活
烙印下层层伤
故乡不变的深情给我力量
再铸钢铁脊梁

执着一场青春的旖旎梦想
裁卷素笺韵一部未尽辉煌

娘的月

今夜，月光聚焦故乡
思念洒满了您的矮墙
篱笆，炊烟，烛光
游子追梦的衣裳

今夜，月光洒满尘路
照亮了我驻留的异乡
高山，流水，远方
红尘路上的沧桑

今夜，依约共享月光
您看到了韶华染秋霜
我闻到了浓浓母乳香

今夜，月光缱绻万里
您柴门深傍望残远方
我心怀梦想情牵故乡

心上的故乡

离开你
只为心底深处的绿洲
我没日没夜地行走
只因美好难求

离开你
只为志同道合的朋俦
有细如银针的孤独
妄想阻挡奔流

有多难
历尽艰辛走过春和秋
这里满载唐风宋韵
美酒且伴狂讴

让我为你送一片真心
把你写满金色的暮秋

月下的秋

这夜
月用雄浑风流
安慰每一片乡愁

这夜
月用充盈温柔
安抚每一份羁留

这夜我在月下写诗
写花纸伞下的邂逅
石桥上的十指相扣

这夜写经年的情愫
写老屋泥燕的歌喉
秋的叶回归的竹楼

我知道的事儿

母亲告诉我
待同仁要暖如阳光
父亲告诉我
对"兽类"要勇于抗争

这个初秋
草尖和树杈捂紧暗伤
这轮月圆
故乡和远方有些苍凉

父亲告诉我
你且安好勿记返乡
母亲告诉我
月圆家好饭香饼香

这个初秋
"大白"防疫抗疫走八方
面对疫情
龙的传人要至大至刚

请你留下

一缕阳光
撷取了我的纯真
一声叹息
彳亍了行行跫音

我的年轮
被野径老槐入侵
如此清晰的落款
如此绝望的黄昏

一缕诗香
给予了我的全新
一阕妙曲
荡涤了我的灵魂

我的热烈
燃烧成火红枫林
如此执着的狂放
如此不舍地追寻

请你留下
你温厚的掌心
请你留下
你瞬间的浅吟

走进端午

人们开始骚动
又到了那个说雅的诗季
我惶恐地执起拙笔
总也抒写不了你的大义

糯糯的粽香哟
诠释着永久的衷心希冀
逸响伟辞生生不绝
你的灵魂抽象成了竞技

缠绵的汨罗水
不会忘却那场一跃无畏
你呜咽于深深水底
擎起永恒的爱国的旗帜

扬你的博爱和求索
释你的愁郁和泪滴

我的故事

故乡是我捂在怀里的一抹魂
在思念的梦里弥漫成缕缕香
幻化成一个个最心动的故事
遍布故乡坑坑洼洼的小山岗

冬天携霜蹒跚而去，雪儿化了
我的故事在洁净的大地酝酿
春风引蝶姗姗而来，花儿开了
我的故事在温暖的庭院溢芳

夏天饮露款款多情，山林翠了
我的故事在热情的风里流淌
仲秋稷黍从容而至，稻子熟了
我的故事在欢笑的谷场飞扬

总是想起月光下闪闪的烛火
美好的过去便会在梦里疯长

存　在

你以一种固体的形式存在
硬如生铁，冷似冰碴
在这寒冷的冬季
谁在期待你的无瑕

你以一种液体的形式存在
晶如繁星，盈似珠花
在这旖旎的春天
你在轻抚谁的芳华

你以一种气体的形式存在
轻如淡烟，薄似飞纱
在这火热的炎夏
谁在放纵你的升华

你说存在于大千世界
才会览尽这紫陌烟霞

月已被留在故乡

那年，千层底踏着隐隐的白月光
红酥手攥紧满掌心的小希望
梦引领我穿越了垄垄的稼禾
又义无反顾甩开崎岖的山岗

从此，城市夜的霓虹灯总在泛滥
喧嚣的心忙碌得遗失了仰望
疲惫的足迹奔行于暗淡街衢
偶尔凝望的双眸总伴随忧伤

辗转，红尘冷暖凝结成满面沧桑
虚幻的豪华空负了我的柔肠
纷扰的景象偷取如诗的韶华
城市夜幕难以掩藏如画故乡

远方，斟一壶老酒给乡下的流萤
星光与月光正透过我的轩窗
留些给井台边老柳下的水塘
再唤金风轻拂麦田里的芬芳

驻心的人

休记那冰冷的拒绝
当痴恋春光
捧起鸟鸣　麦浪
嗅狗尾巴草香

既然不愿前途同行
别深情凝望
我不会总回头
夜已开始漫霜

如果曾经的确爱过
请割断柔肠
无须最后拥抱
一别各奔他乡

没你我仍然会歌唱
前路还很长
可与陋室梅兰
轻诉一场离殇

父 亲

父亲
用木槿编织成了篱笆
一丛丛芳华
便在童年里摇曳开花

父亲
用犁铧打理层层泥沙
那肥沃的垄
收获多少香甜的庄稼

父亲
用双手筑成了新的家
那浓浓温暖
从未离开心爱的小丫

故乡
刻满父亲花样的年华
那开着的门
总会令受伤的心结痂

父亲在山脊种满期待
渴望的眼神荡平天涯

三亚——我的梦

梦里曾无数次地穿越过蓝天
到达这里祖国母亲的最南端
蔚蓝的大海里倒映蔚蓝的天
徜徉海边我见到了今古奇观

喷薄的朝霞涌现在海的彼岸
瞬间一轮红日照亮寂静海湾
沸腾的人流仿佛来自那天外
粼粼的海水泛起金色的微澜

成排的棕榈在海岸随风摇曳
咸咸的风饱含着淡淡的缠绵
遮阳伞总写不完今生的缱绻
把爱送给海角之南这片沙滩

成对的海鸟起落于浪花之巅
欢快的鸟语诉说着鸟的爱恋
我愿把梦想放飞在这海之角
天涯处无数次渴望把你手牵

我们庆幸

某些隐痛还在流血
呼吸变得有些艰难
母亲正在救助你
我的西安　我的河南

一双双洁白的羽翼
载满了冬天的梦幻
行行逆行的步履
诠释对祖国的赤胆

繁华铸就紫陌街巷
头上仍是浩渺蓝天
不曾相识的亲人
祈愿你们一生平安

诗歌是暖心的语言
陌生的你们会庆幸
在火红的旗帜下
前方道路盈满安暖

川渝诗人雅聚有记

金色的风暖了
香城深秋的轻云
巴山蜀水又掀起诗律的热潮
升庵故里燃烧起激荡的诗情

香城的酒醉了
豪情万丈的诗人
激滟的蜀水荡起诗海的银波
奏响了格律新诗激越的琴音

巴山蜀水共情
如同牵手的恋人
十五本诗集累积新律的基因
渲染新诗漫漫长路上的阳春

看禾苗拔节、抽穗、灌浆
听吟哦自由、守正、创新

致你们——重庆格律体新诗研究院

刚去的桂香
在金秋的盏里留醇
秋荷的禅意
在你们的囊里长存

你们这群最可爱的人
冒着新冠的残痕
怀揣一个纯真的梦想
拨开诗歌乱象的轻云

你们这群最可爱的人
为了古贤的绮文
执着一个纯粹的梦想
步出诗歌短暂的沉沦

你们这群最可爱的人
意欲穿越那昆仑
为了一生唯一的梦想
豪情万丈地撒播诗魂

你们这群最可爱的人
是诗国里不灭的星灯

以乡愁的名义

以乡愁的名义
那湾麦浪
扎根于瘠土
绿了山岗

从青涩到成熟
一场梦的狂放
麦子将成长的旅程
系于炊烟的畅想

以乡愁的名义
蓬勃茁壮
烂漫于垄亩
暖了草堂

从喧嚣到恬静
霓虹敛尽韶光
乡音将凝重的子影
扶上儿时的短墙

归省的闲逸慰泛黄的过往
挥手轻别曾经迷恋的远方

国防绿的梦

军 魂

你把你的军绿
写满钢筋铁骨般的坚强
一朝号角吹响
初心便插上飞翔的翅膀

你把你的青春
锻造成劲旅里的中国魂
朝朝暮暮不负
热血青春焕发磅礴力量

你把你的柔情
藏进书笺寄给远方的娘
你把你的未来
揉进了祖国的辽阔边疆

你说哪里有侵略的刀戟
哪里就是你流血的战场

五斗橱里的国防绿

说是另类的存在
想来无妨
我穿过你的迷彩
住过你的营房

说是另类的存在
着实心伤
我唯把青春折叠
藏进我的诗行

这是没有星星的军绿
却写满了明艳的春光
这是没有军籍的残梦
却铭记我不尽的柔肠

你是我五斗橱的余情
你是穿透心脏的麦芒

军　嫂

这个特殊的称谓
适合你的温婉
这亲切的称呼
是军营的特产

你说军人有铁的肩
常把语言聚敛
你说军人并不沉默
呼喊在战场上飞溅

这个特殊的称谓
是属于你的范儿
这亲切的称呼
是应有的承担

你说军人有竹的节
不会畏惧高寒
你说军人铁骨柔情
热情像冬天的火焰

我说你有军嫂的范儿
你说你有女人的慧眼

请干了这杯军中酒

谁把杜康的美酒
排布在九里埂的山头
请别在酒香里丧志
请别在酒香里勾留

别把结义的美酒
斟给民房里那栋孤楼

她已是那么的无助
粉腮上已满布浓愁

别把离别的美酒
斟给军营里颤抖的手
他晶莹的泪珠欲滴
梦裹挟着时光溜走

还是请你干了这杯军中的美酒
愿你在平凡的岗位上精神抖擞

打靶场上的你

你双手握枪
匍匐在泥泞的草丛
你枪托抵肩
双肘着地形神相融
你全神贯注的样子
英姿勃发魅力无穷

你攀爬跳跃
奔跑的样子像阵风
你实战演习
奔走在祖国的西东
你誓死不渝的初心
就是我心中那抹红

你是我心中深藏的念想
你是我心中永远的英雄

不要告别

离别的脚步是那么沉重
这里记载了最美的梦
你说这一天的来临
是此生切切的痛

抬起的手久久不愿挥动
幸运的人儿何必相送
这不会是一场永别
天涯何处不相逢

你的襟怀装满博大山河
虽然那行囊依旧空空
前行的路上仍然会
做一只高飞的鸿

不要为我流泪，我的战友们
我会在纷扰里做一抹中国红

消逝的那抹绿

落寞的背影淡出了眼眸
你终究还是消失在远方

你说你的根还在
山清水秀的故乡

我愿化作和暖的那缕风
一路轻轻拂拭你的伤
你说人生就应该
享有霸气的高翔

三年的学识转化成力量
誓要为家乡种下希望
摘下贫穷的帽子
才对得起那军装

你离我虽然是越来越远
你的生命却越来越阳光

编　外

羁留的目的
想来为了追星
一些隐秘的事物
不必细听

恋了国防绿
难博军嫂美名
初心难改情不辍
误了卿卿

穿上你的绿
还少了你的星
这难以割舍的爱
老成伶仃

不要嘲笑这份执着
这是青涩里的抗争

没你的日子

这个冬天特别漫长
激昂的号角渗透寒凉
没你的日子
生活少了阳光

这场离别有些匆忙
盟誓初订便注定相忘
没你的日子
黑夜无端变长

挥过的手，永远的痛
这方土地总有些要强
寡淡的日子
把你吟成诗香

离开是你抉择的失误
放弃是我懦弱的荒唐

三月桃花节暨《蜀诗年卷2021》首发感怀

那些属于桃花的畅想
在这个春天里绽放
那些属于烟雨的天籁
在这个春天里浅唱

那些关于诗意的灵魂
在碧血丹心里酝酿
那些关于韵律的传承
在蜀诗里从容远航

我们向着春天走来
那些跳跃的文字被收藏
我们向着春天走来
那些青春的色彩在流淌

我们怀揣理想走来
只为了生命初始的梦想
我们从风雨中走来
想步入缪斯瑰丽的殿堂

这个属于蜀诗年卷的春天
留下我一笺墨香，一缕心香

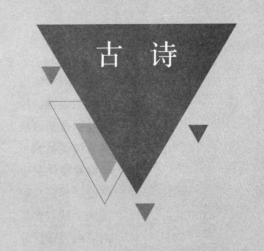

古　诗

庚子国庆中秋同庆抒怀

一

红旗招展浴朝阳，
禹甸尧疆锦绣妆。
金桂飘香新气象，
芙蓉绽蕾艳城乡。
驱魔除疫惊寰宇，
创业兴邦拓八荒。
国庆中秋双喜至，
河清海晏铸辉煌。

二

国庆中秋双喜逢，
红旗招展月溶溶。
嫦娥玉兔迎华诞，
北斗新星照碧空。
菊艳枫丹情切切，
桂香人醉乐融融。
风云莫测强应对，
决策英明第一功。

三

捷报频传好赋诗，
峥嵘年代展雄姿。
芙蓉丹桂呈双瑞，
国庆中秋喜共时。
四海月明探玉兔，
九州光灿颂红旗。
巡天北斗真奇特，
维护和平砥柱支。

建党百年感怀

一

经典宣言醒达贤，
南湖盟志舞红旐。
千般险境豪情涌，
万里征途毅力坚。
斩棘披荆抛热血，
乘风破浪举钢鞭。
百年伟业开宏景，
岁月峥嵘著锦篇。

二

凄云惨雾百年前，
光耀南湖逐小船。
星火燎原惊贼胆，
长征浩荡破强权。
初心不改乾坤朗，
大地春回日月圆。
砥砺创新昭史册，
红旗导向舜尧天。

三

春满神州喜气扬，
百年华诞浴朝阳。
辉煌伟业标青史，
科技高端宇宙翔。
党政筹谋昌大义，
基层扶助灿荣光。
民奔富裕争超越，
万丈豪情震八方。

四

一盏明灯百载长，
红船逐浪领新航。
芒鞋踏破关山雪，
利斧驱离日寇狼。
护国强军称盛世，
脱贫致富铸辉煌。
雄才伟略千秋颂，
科技兴邦万古扬。

五

一度雄狮苦难频，
南湖舟动灿星辰。

英豪喋血惊天地，
勇士挥戈泣鬼神。
致富攻坚施惠政，
倡廉惩腐顺人民。
强军护国兴邦路，
百载辉煌九域春。

庚子重阳

一

登高览景过重阳，
把酒临风忆远方。
松海葳蕤凝碧翠，
山花烂漫溢奇香。
林间鸟雀喧红叶，
野径翁婆话暖肠。
满目繁华描不尽，
柔情似水绕清凉。

二

三秋将尽又重阳，
回首韶华付远方。
薄雾凝成红叶泪，
轻霜驱散百花香。
茱萸滴翠寻人迹，
杯酒消魂绕寸肠。
昨夜空留多少梦，
今朝咏叹释悲凉。

步韵毛主席诗《送瘟神》二首

一

鼠岁新型病毒多,
疫魔肆虐奈人何。
江城空巷凄然泪,
全国同心战斗歌。
大义骋怀奔火线,
逆行不虑赴灾河。
党群合力炎威灭,
万里长江漾碧波。

二

疫情讯息万千条,
睿智仁心尽舜尧。
不测妖风惊福地,
有情盛世架通桥。
军民合力春潮涌,
医患同仇肺毒摇。
借得天威神魅火,
烟花爆竹照天烧。

喜神舟十四发射成功

一

三俊登天结故俦，
应邀时往九霄游。
琼楼坦道厚华夏，
宵小无修莫强求。

二

一箭三星布太空，
神舟十四御长风。
问天慑霸谋深远，
看我龙人路路通。

三

酒泉得令志凌云
驱雾携风尔不群
何惧长征天路远
神州代代著奇勋

四

宇外飞腾华夏龙，
旌旗猎猎再冲锋。
航天强国前程远，
访圣探幽总从容。

五

航天路阔又长征，
华夏舟行享盛名。
且筑新城仙阙处，
再携玉帝话闲情。

六

银河焕彩再添薪，
得令三英掣北辰。
待我行星航正轨，
天疆处处驻凡身。

秋兴二首

一

金风轻拂桂飘香，
朝露生寒渐觉凉。
枫叶流丹山染色，
菊花绽蕾路凝霜。
最宜入目青蔬茂，
更喜开怀稻黍扬。
对此秋光闲趣涌，
挥毫泼墨咏诗章。

二

金风玉露碧梧黄，
桂蕊凝珠透暗香。
最喜三秋蔬果熟，
遥看乡野妇孺忙。
芙蕖渐退娇姿色，
歌咏承欢兴趣长。
四序循环皆胜境，
抛开愁绪醒诗肠。

山居乐

一

幽居山野静耕耘，
廪有精粮陇有芹。
兰绽阶前香馥馥，
菊开槛外意纷纷。
掀窗敲竹与风语，
掬水煎茶待韵醺。
莫问空庭谁是客，
闲云一抹正殷勤。

二

险峻丛山莫记名，
秋风过处色纷呈。
樵夫亮嗓知时晚，
鸦雀归巢见月明。
夜露凉凉留雅客，
新茶淡淡品诗情。
推杯换盏开怀笑，
鬓发添霜再远程。

故里行

一

五月兴来故里游，
葳蕤满目壮陵州。
玫瑰艳艳缀芳陌，
筱蝶姗姗舞浅丘。
绿竹千竿环北院，
炊烟几缕绕西楼。
儿童相见酌新酒，
侃尽辉煌莫说秋。

二

扶架醙醾上粉墙，
飞花醉眼满庭香。
书窗有韵留风月，
蓬荜盈芳照藕塘。
细听早虫鸣椅角，
欣观家雀噪房梁。
桃源必定桑榆地，
允我余情种夕阳。

秋 情

霜风挟叶绕危楼，
雨滴芭蕉泪不收。
云树依稀迷古寺，
烟波迢递隐沧州。
佳期载载天涯客，
别恨时时鬓上秋。
遥寄相思伤漫漫，
梁园想必阻归舟。

步黄老为《老兵情怀》栏目题句原韵

不畏艰辛铸国魂，
英雄自古护乾坤。
挥戈何惧流鲜血，
战死堪当报党恩。
壮志三千休记岁，
豪情万丈可干云。
老兵退伍梦仍在，
捍卫和平守瑞氛。

元旦抒怀

一

时序初开又一轮，
展眸前路物华新。
林荫道上舒闲逸，
锦水滩涂濯宿尘。
每向诗书寻雅趣，
常凭芳韵绘精神。
平生浩志归何处，
素纸兰笺墨永春。

二

新元红日缀轻纱，
紫气梅香入万家。
放眼前程镶碧玉，
回眸来路涌流霞。
先吟四海玲珑水，
再赏神州旖旎花。
岁首文林飞鹤梦，
年终故里话桑麻。

唐代园林东湖礼赞

千年铁树

树育真龙自帝宫，
千年盘踞势从容。
雷霆烟雨何曾惧，
坐拥英姿掠惠风。

寒梅映雪

小苑疏枝欲尽描，
凌寒瘦骨品宜昭。
裁冰剪雪千秋仰，
一派清新韵味饶。

诗咏瑞莲

荷叶田田映碧天，
花开并蒂忆当年。
瑞莲妙曲传千古，
廉吏清风入史篇。

李德裕

太尉裁兵震九垓，
外攘回纥盛方来。
一朝遭忌京城远，
德自超然谢俗埃。

王 益

清廉执政叩晨昏，
诗赋文章布善根。
四六时光无枉度，
恩垂后代靓儒门。

梅 挚

梅公坦荡史称魁，
大义倡廉口敢开。
五瘴能医官宦疾，
高风长树栋梁材。

费 密

四代文光耀锦旗，
传宣六艺释忧疑。
大江汉水情依旧，
孤艇残春入史诗。

后　记

　　记得那是六年前，一个不经意的黄昏，我惊悚于镜中日渐增多的银丝，"我已不再年轻！"我的纯真的花季，我的似火的热情，已经消失在依稀的往事里，我的脚步正以不可抵挡的势头迈向多愁的雨季。这是人生中一个彻悟的路口，拐角处浮躁的过往便日益沉淀下来。回首往事，那些激情澎湃的日子是我永远无法遗忘的精神的脊髓，是烟雨里永不磨灭的繁华盛唐。

　　在这些纷纷扰扰的繁华里，有生我养我的双亲，有我不离不弃的朋俦，有我缠绵悱恻的爱情，有我赖以生存的乡土，有我矢志不渝的初心。人言"雁过留声"！我总得为这个我爱的世界留些什么。在这个秋的季节，我借风的胆、雨的韵，敲出我的第一行文字，稚嫩的文字还是驾驭着我沸腾的激情飞扬。虽然和大咖们相比，天上人间。但这是我心底的呼喊，是我人生的顿悟，是我渺小的火花，是我诚挚的情怀。我无怨无悔！

　　我的前半生做了太多必须做的事情，读书，工作，成家，生子，养家。我无数次地跌倒又爬起。我努力过，虽然生活不尽如人意，但我无愧。在颓败的阵痛中，我获得的是加码的强悍和坚韧。这些成为我后半生隐形的财富，我得为自己而活了，做愿意做的事。摆弄着三千文字，筑梦。也许别人筑成摩天大楼，而我的小楼时常会坍塌于基石罅隙，我仍然会鼓起勇气重新堵上细缝，再次开始，用秋日的金风烘干我潮湿的墙坯，筑成小楼的样子。为了这份童年懵懂的理想，我会倾尽余生的热情耕耘进取。

有人说，我是一棵小草，一棵不会成长为大树的小草。我承认，我虽无通天之材，但仍可以用生命的绿意创造传奇。现在我终于可以无忧无虑地做我愿意做的事，用小草的热情，用小草的执着，用小草的坚韧，我是多么幸运啊。

在诗歌创作中，我时常会想起坎坷的人生、失意的考场、凄怆的离殇。我无意指责生活，指责掏空时间的锅碗瓢盆，指责不会永远晴朗的蓝天，指责偶尔干涸的庄稼地，指责远去的无忧的童年、一去不返的活力四射的昨天。生活本身就是失与得的轮转，是爱与恨的叠加。在诗集中，我仍然会用心描绘我多彩的过往、我崇拜的父亲、我迷恋的军人、我思念的故乡、我深爱的祖国。

今天，我终于鼓足勇气出版我的第一本诗集《秋声》。非常荣幸请到余晓曲老师为我的诗集作序，晓曲老师是四川省作家协会会员、四川省诗词学会格律体新诗创作研究会会长、四川省散文学会理事，是我尊敬的师长。我有幸认识他六年，在这六年里，他对我谆谆教诲，有问必答。晓曲老师不辞辛苦，认真阅读我浅陋的诗行，指点我诗中的不足，还用优美的文字给予肯定和鼓励，让我深深地感动。

在这里，我还要感谢中国作家协会会员、新都区作协主席谭宁君老师。谭老师乃蜀中才子，温文尔雅，多才多艺，他的笔触轻盈灵动，他的诗风别具一格，让人耳目一新。谭老师多年来默默地帮助和指引我，这亦是一份永远的感动。

　　我的古典诗词创作，得益于我最崇敬的八十岁高龄的黄怀举老先生数年来的殷殷教诲。黄老是农民诗人中的翘楚，才华横溢，正是由于他的悉心教导，我才敢走进文学这个神圣的殿堂，一步步地接近我想要成为的样子。

　　当然，我在新都区作协的日子里，这里的所有人都是我的良师益友，我学到了很多。我爱你们，我更爱文学！在我生命中最灰败的日子，我的儿子凯积极向上的心态也给予了我巨大的勇气和勇于探索的信心。我一定会继续走在这条充满荆棘的道路上，用拙笔激昂三千文字，用梦想温暖我的余生。